歌集 朝日とともに

田所翠

牧歌舎

歌集　朝日と共に

❖

目次

短歌詩 ………… 9

短歌 …… 25

短歌詩

省思（せいし）の詩

朝三時　車で出かけ　積みおろし
　疲れも知らぬ　若き肉体
職場変え「ウサギと亀」を　思いつつ
　本を開いて　はや幾年か
素晴らしい　歴史小説　さまざまな
　立場を知り　手がかりとなる
そう言えば　苦難の影に　仕合わせも
　あった気がした　僕の半生

ともしびの詩

点滴を　ベッドに立てて　オペ室へ
　壁見るまなこ　重く垂れゆく

箱入りは　有るかも知れぬ　浄罪の
　着物一枚　それも良いかも

頻繁に　点滴かえに　白衣来る
　薄目で見るも　頭ぼんやり

回復は　順調らしい　日を待てば
　また働ける　明るさが射す

歩みの詩

［効率］を　指摘されても　若すぎた
　亡き母の声　現も生き生き
「読書せよ」　素直になれぬ　青春期
　時は無限と　寄り道をした
あの頃は　ふらついていた　何処からか
「まだ遅くない」　行路変更
大脳も　訳がわからぬ　身の上は
　木の葉のように　流されている

朝の詩

かなたから　光が射して　雲照らす
　目覚めたように　白く膨らむ
洋上に　赤い絨毯　伸びてくる
　もたもたすれば　淡く消えゆく
三時起き　長距離はしり　下車をする
　日の出待つのが　朝の楽しみ
心地よい　朝日を浴びて　力湧く
　エンジンかけて　積み荷に向かう

蟻の詩

若き日の　女王蟻は　ふんだんに
　卵を産んで　集団つくる
巨大蟻　行列つくり　巣を襲い
　戦勝品に　卵を運ぶ
巣の中は　戦勝品で　活気づく
　産めよ増やせよ　帝国づくり
長年の　女王蟻は　痛ましい
　兵隊アリは　年年小柄

注・NHK BSより

懐古の詩

マンガには　広場に並ぶ　ヒューム管
　遊ぶ姿に　憧れていた
夢をよぶ　高い煙突　長々と　貨物列車の
　降ろす遮断機
物が無く　つぎ当てズボン　漁港には
　ポンポン船の　煙の輪っか
近頃は　スマホを覗く　人多し
　ここは異国か　まだ半世紀

蛙の詩

肌みどり　黒の斑入(ふい)りの　シャレた柄
　殿様ガエル　のそりと歩く

アマガエル　葉っぱに乗るも　よいよいと
　石に取り付き　余裕の見せる

雨脚(あまあし)に　少し遅れて　太い声
　おれの縄張りと　睨みをきかす

同胞も　ぺろりと舐めて　涼しげな
　殿様ガエル　長くて五年

花の詩

種を撒き　手間を惜しまず　覆い取る
　朝晩のぞき　ルンルン気分
茎が伸び　水を注げば　蕾みもつ
　明日を夢見て　胸が膨らむ
繰り返し　花を愛でつつ　種子を見る
　気付けばコレは　世代交代
太古から　生命（いのち）受け継ぎ　生きている
　未来永劫　僕等の地球

西日の詩

雲と窓　西日に染まる　歩み止め
首を巡らし　刻（とき）を忘れる

若き日は　夜間に耐える　ちから有り
いい気になって　無駄に過ごした

人並みに　喘ぎながらも　生きてきた
喜寿（きじゅ）を前にし　五体が動く

嬉しさも　悲しさもあり　ふり向けば
昨日のようだ　西日ありがとう

注・喜寿＝七十七才

覚醒の詩

うう痛い　緊急入院　今までの
　夜更かしの罪　これが代償
恵まれた　日々が恋しい　オペの後
　麻酔切れても　感覚は無し
文字盤に　責(せっ)付かれながら　仕事した
　若さ任せの　無謀を悔いる
少しずつ　手足が動き　目も動く
　元の状態　うれしく思う

焼き物の詩

山削り　石を砕いて　土を練り
　ロクロを回す　指先を見る
筆を持ち　いのち吹き込む　職人は
　目を尖らせて　細かな模様
先人の　死にもの狂いの　土探し
　山をさ迷い　やっと見つける
ありふれた　器といえど　含みあり
　想いに浸る　夜のひととき

大地の詩

フォーク置き　われ腹さする　横の妻
　両手を休め　肉を頬張る
店内の　テレビを見れば　難民は
　子供を連れて　着の身着のまま
窓外に　人の往来　カラフルな
　衣装身につけ　軽快に行く
受け継いだ　豊かな大地　手放して
　いつか聞くだろう　子孫の嘆き

夕陽の詩

三度目の　抗がん剤も　効き目なし
　か細い声は　涙を絞る
「生きたいわ」　返事に詰まる
　手を出して　強く握れと　心に叫ぶ
うねりつつ　岩に打ち寄す　波のよう
　あの夏の日の　君はいずこに
おぼろなる　水平線に　力なく
　沈む夕陽よ　夕陽ありがとう

短歌

納税

納税を　三百年間　さかのぼり　十五年かけ
分析するとは

注・トマ・ピケティ教授（パリ経済学校）

データーも　活用次第で　底知れぬ　宝の山だ
見本にしよう

税制の　課題提起に　好奇の目　所得格差の
余波はいかほど

解き明かす　格差番組　教養は　先行投資　富を
築くと

データーは　もれなく明かす　富築く　資格とるのに　高い学歴

納税の　三百年の　グラフ見る　貴族文化の格差浮き彫り

格差生む　高い学歴　学資なら　金持ち有利稼げる資格

風俗に　関わる者は　賃安い　王侯貴族　雅楽たのしむと

忠犬ハチ公

雨の日も　ハチ公は待つ　知る程に　故人が浮かび　人柄思う

ハチ公は　やっと会えたと　甘え付く　粋な方だよ　彫り師のこころ

注・場所＝東京大学農学部

足を上げ　尻尾をふって　立ちあがる　ハチ公を見る　博士の目線

念願の　博士と会えた　ハチ公の　歓喜のすがた　永遠にあれ

『バニヤンの木陰で』

冒頭に　母と亡き父に　捧げる　『バニヤンの木陰で』　いじらしい

注・小説＝『バニヤンの木陰で』ヴァディ・ライナー著・市川恵理訳

筒先を　額につけて　命令す　過去のプノンペン小説暴く

革命で　破壊を受けた　体験を　綴られた『バニヤンの木陰で』

培った　プライド捨てて　生き延びる　何時か目が出る　思いが届く

飛び立ちし　光る機体は　重たそう　ゆるゆる浮いて　豆粒と消え

他国では　地雷にサソリ　あると言う　こころが凍る　日の本のどか

ゆめ

ゆめはなあ　いつも元気で　暮らしたい　ひとつ
加えて　笑顔が良いね
はるの風　花色添えて　呼びに来る　史跡巡りか
野鳥探しに
叶うなら　月と一緒に　巡りたい　平和を願い
いついつまでも
気軽にさ　愚痴を話せる　友が良い　めったに居
ない　こころの宝

宇宙

四ヶ月　宇宙滞在と　日に十六回まわり　日時同じとは

あと僅か　冥王星まで　九年の　宇宙の果ての映像を待つ

注・無人探査機（ニューホライズンズ）二〇一五年二月二十二日

直径は　五百キロメートル　名は　エンケラドス土星を周（まわ）る

飛び続け　七年かかる　探査機は　エンケラドスの　地熱を明かす

注・エンケラドス＝土星の第二の衛星。二〇一五年三月十二日

探査機は　十八年前に　打ち上げと　添え文がある　名はカッシーニだ
地下に海　亀裂が出来て　噴き上げる　熱水らしいと　ＮＡＳＡの情報
報道の　ブラックホール　二つある　もしかしてこれ　出来ては消える
水と熱　生命可能と　推し量る　興奮気味の文章を読む

注・ＮＡＳＡ＝アメリカ航空宇宙局

映像の　銀河の渦の　真ん中は　ブラックホール
か　巨大エネルギー

学者らは　手段を尽くし　道半ば　銀河の謎に
現なお悩む

消滅と　新星の星　サイクルは　雲の仕組みに
似て謎多し

白熱教室

映像は　巨大な銀河　矢印は　豆粒をさし　太陽系と

横からは　星が重なり　針の穴　ブラックホール神秘を保つ

渦見せる　巨大銀河の　はるか下　回転させる球体（ほし）が有るかも

映像の　銀河の軸は　対流か　これブラックホール　博士教えて

映像の　ブラックホールの　エネルギー　台風に
似て　もしかして熱

降り注ぐ　光は波長か　粒なのか　正体隠し
博士悩ます

新語かな　ダークエネルギーは　宇宙の　膨張論
に　心どきどき

運動会

学童の　開会宣言　爽やかな　五月の空へ　広がってゆく

白と紺　ハチマキ締めて　走りゆく　転ぶも起きて　父兄の拍手

カラフルな　衣装に着替え　ダンスする　リズムに乗って　児童爽やか

トロフィーを　胸に抱（いだ）いた　生徒らは　足取り軽く　トラックを巡る

家造り

重機来て　我が家を壊す　音聞けば　こみ上げてくる　声をのみ込む

一月の　寒さ知らずの　地鎮祭　真情こもる声に高ぶる

年末に　門を清めて　建て替える　質素を守りやっと実現

あれこれと　間取りに悩む　本職の　助言盛り込む　小さな我が家

木造の　現場を見れば　様変わり　耐震金具の
数の多さよ

玄関の　引き戸は和風　垢抜けの　デザイン求め
カタログめくる

あばら屋に　システムキッチン　型番を　つぎつ
ぎと見て　ため息をつく

外壁は　金属と窯業　サンプルの　デザイン多く
戸惑うばかり

漆喰か　焼き杉を貼る　サイディング　プロの口から　好み次第と

注・サイディング＝外壁

照明の　カタログ探す　玄関に　似合う形は　おーいどこに居る

長年の　思い出残る　彫り欄間　新たな家で　共に暮らそう

パソコンで「欄間」検索　種類あり　知らぬ世界の　美学を学ぶ

時刻買う　食器洗い機　わが夫婦　皿をさすって
老後ゆっくり

出来上がる　我が家の部屋は　クロス張り　蛍光
管の　明かりが灯る

近頃は　気密の高い　家造り　大きな窓は　部屋
ごとに有り

近年は　薄くて軽い　青畳　昔をのこす　イグサ
の香り

中庭の　雨水を地下へ　排水の　パイプを通す
網目役立つ

注・網目＝ネトロンパイプ

タイル張り　畳にふすま　雨樋の　取り付け進み
かんせい間近

建て替えた　我が家を見れば　夢のよう　和洋折
衷　レンガの模様

オアシス 一

サンタさん　僕んち飛ばす　土地柄の　工芸品を
待っていたのに
氷柱(つらら)から　ぽとりと落ちる　青春の　涙そっくり
懐かしく見る
赤いバラ　枝を切り取り　部屋に挿す　只うなだ
れて　言い立ててくる
葉の上の　カマキリ見つけ　指伸ばす　じっとし
ていろ　うわア動いたぞ

京都

入れ替わり　縁に腰掛け　紅葉見る　大徳寺にて
長居も出来ぬ

憧れた　京の街にも　スズメいて　近代ビルを
眺めていたよ

バッグ掛け　和服押しのけ　闊歩する　時代に勝
てぬ　古都は寂しい

七条の　橋のたもとに　やなぎ揺れ　舞子思わす
カンザシのよう

立止まり　通天橋の　紅葉撮る　メガホンの声
効き目は淡し

注・通天橋＝東福寺（京都）

曼荼羅の　説明を聞く　住職の　穏やかな声
耳に染み入る

清水（きよみず）の　ライトアップの　紅葉見る　人をかき分
け　上から覗く

清水の　舞台に寄せる　人数（ひとかず）の　多さに照れて
恥じらう紅葉

達観の　市松模様の　石と苔　京都の盆地　湿り気告げる

落ちついた　境内歩く　万年も　苔を育てる　加茂川の水

見てみたい　三千院の　うら庭の　苔に寝そべる　こども石仏

古都らしく　紅葉の色は　瑞々し　やはり盆地　プリズム思う

苔しげる　京都は盆地　やんわりと　プリズム効果　紅葉華やぐ

折に触れ　西陣織と　聞き育つ　めっきり減った　和服の姿

亡兄

穏やかな　弥生の頃に　兄が逝く　雨が頬打ち
正気に戻す

見送りに　親族知人　来てくれたよ　胸に留めて
ゆっくり眠れ

兄眠る　白木の内は　花ぶとん　未知の世界へ
ひとり旅立つ

兄さんよ　言いたい事が　あれば言え　僕は生き
てる　遠慮はいらぬ

若き日は　たびたび泊まり　そのたびに　馳走に
なったな　兄貴ありがとう

亡き兄は　今頃どうして　居るかしら　青に広が
る　さざ波の雲

雲間から　たまに顔出せ　兄さんの　好きな春蘭
旅先で見る

経済

ふわふわと　どこまで上がる　この株価　いずれ暴落　欲は出すまい

通貨安　大豆砂糖に　飛び火す　きしみを生み出す　あの輸出品

流行（はやり）など　どうでも良いさ　新車でも　登録すればすでに中古だ

産業の　一翼担う　町工場　浮き彫りとなる後継者なし

電気機器　買い換えてゆく　数珠（じゅず）のごと　お金が
渡り　食い扶持となる

らいねんは　物価上昇　再来の　人手不足に
倒産ラッシュ

初耳の　マイナス金利　国内に　お金とどまり
使い道無し

君知るや　大人の世界　加工品　産み出す力
これが経済

健康

血圧は　減塩すれば　下降線　代わりに辣油（ラーユ）
わが守り神

手探りで　塩分減せば　知らぬ間に　脱水症に
ああ困っちゃう

都会なら　部屋の温度に　悩むだろう　僻地は常
に　夜風そよそよ

若人は　青田の横を　ジョキングす　のどかな日
本　白昼に見る

遠景

ラジオから　空の予約は　どの便も　ほぼ満席だ
日の本ゆたか

被災地は　足止め四年　現もなお　仮のお住まい
思えば哀し

雲染める　朝日を拝す　年老いて　五体満足
感謝あるのみ

富士の山　雪を蓄え　気前よく　水を配って
産地潤す

山々

木の芽吹き　小鳥が歌う　山中の　静かな時間
独り味わう

連山は　高さ気にせず　それぞれに　日の出を迎
え　ご機嫌らしい

やまやまは　暗きを誇る　天の川　キラキラひか
り　宇宙に誘う

山々は　高さを競い　岩ばかり　草も生えぬと
星がざわめく

月

流水も　きらきら光る　楽しもう　虫よタヌキよ
今宵十五夜

名月に　酒を捧げて　労ろう　虫もタヌキも
一芸尽くせ

十五夜に　月光仮面と　思いきや　黒いすじ雲
横切ってゆく

お月様　見聞広め　丸い顔　雲にかじられ　泣き
出しそうだ

思い出

父危篤　付き添う夜の　静けさに　独りおびえた遙かなる昔

満月に　団子を盛った　秋来れば　父母は亡くとも　ふるさとの庭

春のニラ　甘くてもイヤ　横(そば)に居て　クスッと笑った　生前の母

年少に　野山を駆けて　服破る　生前の母　夜遅く縫う

どのバスも　切符を持って　車掌乗り「発車」
オーライ　温もりの声

この僕も　十五の頃は　春先の　芽吹きのような
元気があった

赤と青　手旗を巻いて　移動中　遮断機降りて
汽車も動かぬ

貧しくも　宗谷の船は　南極へ　夢を抱かせた
あの昭和基地

旅に出て　はや五十五年　先々で　好意を受けた
皆さん元気

富士山に　妻と登った　日本一　高いお山だ
忘れはしない

ひなげしを　見つめた場所に　降り立てば　近付
く喜寿の　耳にせせらぎ

貧しくて　飴玉割って　分け合った　大人になれ
ば　ただ懐かしい

乗り換えに　走って乗った　連絡船　宇高行路（うこうこうろ）が
いまも話題に

注・宇高行路＝宇野港〜高松港、現廃止

花の咲く　美玲の丘に　初夏の風　香りを含み
丘越えてくる

ゴム草履（ぞうり）　初めて履いた　鼻緒切れ　嬉しさ飛ん
で　惨めさ残る

農道に　たったひとつの　裸球　下に水ため
誘蛾灯とは

話題

新春に　走れSL（エスエル）　復活と　五年先だよ　大分別府

注・二〇二〇年運行計画

放映は　大空を飛ぶ　二羽のトキ　禽舎を出ても　えさ場を想う

電算機　瞬時に動く　入力は　他人任せの　泣き所あり

九州と　北海道が　繋がった　新幹線の　工事の月日

花と蝶　持ちつ持たれつ　人間（ひと）の世は　取り分
巡り　争い起こす

塩を撒き　腰を下ろして　体当たり　鮮血散るも
勝負の世界

近頃は　犯罪多く　怖い世だ　防犯カメラ　大手
柄立て

近頃は　窓は小さく　屋根軽く　強度優先　あの
地震かな

英国の　王子様見え　福島の　被災地を訪う
親しみ深し

放映の　今日のネクタイ　お洒落だな　かの王子
様　輝いて見え

のぼる月　千年後（のち）に　誰が見る　一代わずか
ため息漏れる

自動車を　自動運転　各メーカー　勝者を目指す
二〇一六年

近頃は　訪日増える　いつの日か　異国巡りに
行きたいものよ

演説は　共に歩もう　街頭に　集う姿は　磁場に
そっくり

不意打ちに　御嶽山が　噴火する　神様居るの
むごいじゃないの

均等の　ハムの薄切り　パック詰め　いかなる刃
物　しげしげと見る

明日からは　能率主義だ　貼り紙は　暗にうながす　早期退職

近頃は　免税店に　ちから入れ　他国のパワー　市場盛り上げ

厚生省　ブラック企業を　公表と　効き目はあるの　図太い人に

一面に　田んぼの上に　網を張る　文明の世に　スズメは飢える

屋根に乗る　太陽パネル　売電の　価格は下がる
われに先見

リストラの　はびこる世は　恐ろしい　住宅買え
ぬ　気持がわかる

将来（さき）の世は　鯨のヒレに　タグが有り　画面に浮
かぶ　回遊の位置

いつの世も　名家と言えど　廃れゆく　共にチャ
ンスだ　やる気を持とう

針仕事　まだあるかしら　伝統を　助ける野点(のだて)舞子も居れば

狙われる　マイナンバーだ　知らぬ間に　あれ預金ゼロ　思えば怖い

マイナンバー　収支をつける　銭の道　税務署ニタリ　曲者御用

銀行の　預金危ない　マイナンバー　ハッカーしたり　青ざめる民

あの「のぞみ」　駅駅飛ばし　人気者　あやかり
たいなぁ　等級アップ

猛暑日だ　みんな休もう　電気ガス　電車も止ま
る　ああ困っちゃう

貧しくも　手加減無しの　消費税　泣かすは誰ぞ
富む人もあり

一ミリの　狂いも無しに　作業する　ロボット
アーム　産業担う

廃線の　錆びた鉄橋　山々に　汽笛とどろく
日もあっただろう

献花し　黙祷捧げる　オバマ氏の　姿はのこる
広島の地に
注・二〇一六年五月二十七日の訪日

スマホ持ち　「カメ」と申せば　音も無く　漢字
の亀が　浮き上がり来る

メガネ掛け　仮想空間　中年の　独り笑いは
うす気味悪い

振り込みで　入金終わる　近年は　紙幣数える
喜びはなし

銀行は　ＡＴＭ機の　数増やし　店員減らすと
ロボットの世だ

注・ＡＴＭ＝現金自動預け入れ支払い機

湧き水の　鯉に餌やる　カップルは　豊かな時代
しみじみ思う

トンネルを　抜けると前に　山迫る　またもトン
ネル　このハイウェイ

おお怖い　ネッタイシマ蚊　人知れず　ジカ熱運ぶ　手ごわい相手

「一念は　岩をも通す」　近頃は　聡明者増え語る人なし

聞き慣れぬ　サイバー戦争　知るほどに　ネットの裏の　不気味な世界

ビルが建つ　パーツを寄せて　組み立てる　解体見込む　智恵の深さよ

パネル置き　太陽光で　発電す　平成の智恵
市民巻き込む

近頃は　マイナス金利　税率重く　消費低迷
思うにゆかぬ

ロボットで　稼ぐのもよし　いつの日か　時代遅
れの　痛み知るかも

技術

時速　六百三キロメートルを出す　山梨リニア
夢が広がる
注・二〇一五年四月二十一日（超伝導リニア）

近頃は　布地にアルミ　チョコレート　写真も文
字も　カラー印刷

近頃は　曲がるガラスの　お目見えだ　未来のす
がた　処分に困る

一台の　ロボットカーは　道路（みち）塞ぐ　次々止まる
未来のすがた
注・ロボットカー＝自動運転車

カメラ

旅人は　香港に来て　買い漁る　不満の記事に
現地を思う

子供抱き　食うや食わずの　長い旅　難民知れば
こころが痛む

聞いたとて　何も判らぬ　箇条書き　弁舌さやか
選挙演説

投票か　栗毛の駒に　金の鞍　目立つ太刀まで
しもじもの汗

いつの世も　言葉巧みに　隙を突き　泣かすは誰ぞ　悪事を止めよ

威勢良く　飛ぶのは一時　ブーメラン　落ちてむなしい　軌道の空は

踏んづけて　行くのは勝手　虫を見て　避けて通るは　傷み知る人

繰り返す　銃の乱射　憧れの　自由の国は　いま痛ましい

過去知れば　貧民増やし　異変呼ぶ　ミサイルよりも　財政支援

十八の　君は大人か　少年か　一票得ても　まだ保護者有り

軽トラの　前後に歯止め　社命だと　聞けば手堅い　指導者浮かぶ

店先の　貼り紙はずれ　ぶら下がる　人も通らぬ　僻地の町は

珠子

「その人の　うしろ姿を　よく見れば　見えない
ところ　見えると」珠子
注・珠子＝片岡珠子・画家（一九〇五年～二〇〇八年）

どれ見ても　画家の遺した『面構え』のびのび
描き　肝っ玉を知る

「自ずから　築き上げるものと」　珠子　いばら
かき分け　進むも道と

大胆に　詠めと励ます　珠子の絵画（え）　指で描かれ
た　気骨（きこつ）に見とれ

節目

金星と　冥王星の　写真見る　探査機飛ばす
裏方思う

部屋にいて　マップで見れば　米国の　見知らぬ
街の　カラーの家屋

遺伝子の　解読すすむ　純度百　残しておこう
将来(さき)の治療に

遺伝子の　解析サービス　始まる　治療開始は
幾年先か

クロス

天井に　上体そらし　クロス貼る　動き軽やか
職人芸だ

ノリ付けし　数値通りに　クロス切る　移動式機
器　おもしろそうだ

クロス貼り　地ベラを当てて　切り終わる　匠一
息　仕上げにローラー

注・地ベラ、ローラー＝工具の名称

専門の　七つ道具　腰につけ　脚立に上り　クロ
ス貼るひと

匠

ペンキ塗り　魔法のごとく　色変えて　夢売る匠
足場をのぼる

屋根瓦　いちまいいちまい　釘留めだ　匠の汗は
揺れから守る

垂直に　タイル貼るひと　爪ほどの　くさびを挟
み　隙間を保つ

垂直の　面に向き合い　コテふるう　匠の手元
モルタル落ちず

コテを持ち　仕上げにかかる　匠の手　僅かな起伏　伝わるらしい

手際よく　敷居階段　取り付けて　長押（なげし）にかかる　匠の親子

見栄え良く　長押の隅を　おさめゆく　熟練の技は　心を酔わす

大工さん　かなづちを置き　ビスうち機　機関銃のごと　ロールネジ打つ

大工さん　カンナ手放し　レンチ持つ　耐震用の
金具締め付け

注・レンチ=ネジを締める工具

大工さん　ノコは替え刃の　使い捨て　目立て職
人の　仕事さっぱり

注・ノコ=のこぎりの略

大工さん　電動工具　多く持つ　ノミと砥石は
現も離さず

ふすま絵の　見本の中の　海と松　図柄気に入る
選ぶも苦労

部屋ごとに　カーテンレール　取り付ける　額の
汗に　ご苦労様と

商い

ビジネスは　不渡り嫌う　信用度　死にもの狂いに　オーナー守る

商(あきな)いは　期日が要(かなめ)　朝市に　遅れて着いた　鮮魚とおなじ

海の幸　無言で示す　信用度　価格に含む　本場の味覚

機種選び　買われたスマホ　その後に　斬新さ出て　捨てられてゆく

昭和

下駄（げた）音に　蛇の目持つ女（ひと）　思い出す　わが通学路
に　桑畑あり

常に見た　モンペ姿の　立ち話　へんぴな土地に
子供ら溢れ

生前の　父は鍬もち　大地打つ　粗末にするな
声は現もあり

あちこちに　水車もあれば　牛もいた　のどかに
上る　かまどの煙

無題

両側の　高層ビルは　「い」の字型　いたずら好
きの　カメラの魚眼

ゆうゆうと　飛ぶ鷲の背に　カラス乗る　貴重な
シーン　よくぞ撮影

注・「鷲の乗るカラス」　ネットより

クジラ追う　海の男は　銛(もり)を持つ　気質ながめる
軟弱な吾

ダンベルを　両手に持って　登り来る　同じ年頃
驚いて見る

血糖値　下げてみせるぞ　八千歩　暦に並ぶ
赤の目印

わが心　いじめちゃ駄目だ　いたわって　恋する
ように　楽しく行こう

いつも見る　素敵な朝が　やって来た　こころ弾
ませ　今日も活動

図書

図書館で　愛読された　本ひらく　見知らぬ人に
触れて楽しい

寄せてくる　波に誘われ　沖を見る　『韃靼疾風
録』を思い出す

注・『韃靼疾風録（だったんしっぷうろく）』（小説）＝司馬遼太郎・著

曹植と　陶淵明は　われを呼ぶ　詩中にはまり
不憫に思う

注・曹植＝三国の魏の曹操の子（一九二〜二三二）

窓を開け　朝日を入れる　心地よさ　散歩の後は
読書にトライ

本読めば　ガラスは水を　通さない　光は波長
冬の日だまり

教師から　教わる言葉　「本を読め」　胸に根付い
て　半世紀過ぐ

少しずつ　読書しようよ　暮らすのに　知らな
きゃ損だ　たとえば歴史

夏なのに　涼しい風が　吹いてくる　読書うなが
す　天からの声

本開き　過去も未来も　揺り起こし　知恵を授かり　明日に活かそう

戦国の　伝記を読めば　道半ば　ほんに切ない　益荒男（ますらお）の夢

耳学の　うさぎは勝る　僕は亀　地道に行こう　本など読んで

短歌（うた）を詠み　段階を経て　本となる　黒子の力　もらって嬉しい

水

氷にも　気体にもなる　水の技　細胞のなか
奥深く入る

生き物に　水は欠かせぬ　それでいて　気負いも
無しに　器に馴染む

流水は　生命育む　ちから有り　分担背負い
常に循環

音を立て　谷川下る　たかが水　いのち育む
侮る勿（なか）れ

世

「おはよう」に　横目でにらむ　女の子　さては教わる　誘拐犯を

なんとまあ　ペットの葬儀　老親の　見舞いも無しと　話も聞くに

金儲け　楽じゃなさそう　読みにくい　児の文字直す　家庭教師は

稲妻は　神様同士の　チャンバラか　耳目疑い窓よりのぞく

今なんと　「上司を評し　左遷する」　恐ろしい世だ　君は何者

蓄財は　山ほどと聞く　それなのに　何も持たずに　あの世ゆきとは

わが暮らし　世間並みかも　横見れば　金殿玉楼乱立の街

身についた　貧しい暮らし　朝ごとに　チラシに落とす　目線かなしい

歩みつつ　辺りを見れば　ハッとする　モノを産
み出す　大人の知恵は

街の中　悩みの種の　カラス見る　ヒナを育てる
あの逞しさ

交渉は　またも見直し　牛肉の　関税次第で
業者は難儀

あれれまア　平和を求め　あちこちに　武器類輸
出　大丈夫かな

生姜

控えめに　隅に盛られた　紅ショウガ　寿司の恋人　僕もファンさ

焼けても　幅を利かせる　古生姜　お菓子に煮物　常連掴む

薄く切り　お酢に浸せば　さくら色　生姜を噛めば　口中さやか

甘酒に　生姜落とせば　ほんのりと　赤い顔した　あの右大臣

税

近頃は　酒にたばこは　税重い　過去は専売
無税の時代
そう言えば　たばこに酒は　税重い　日々の気晴
し　安くならない
高低の　所得で変わる　税負担　累進課税　これ
公平かな

雪男ガニ

新種の「雪男ガニ」を 発見と 南極海の 熱水
辺り

注・二〇一五年七月二十五日

ユニークだ 白くて毛むくじゃらの蟹 苛酷な海
に すみか持つとは

むね腕の 剛毛（ごうもう）に寄る バクテリアを 食（く）い移動
せず 密集暮らし

冷水の 負担は重く 雌ガニは たった一度の
産卵らしい

地震

地震あり　熊本城の　瓦落ち　石がけ崩れ　清正哀れ

地震あり　熊本大分　地面裂け　家の倒壊　聞くも恐ろしい

地震あり　被害のむごさ　聞く度に　背筋が冷えて　我が家を思う

中国

親ならば　財はあれども　気を揉ます　杜牧（とぼく）の遊び　尋常ならず

池の水　黒くなるまで　練習と　その名を残す　あの王羲之（おうぎし）の書

注・王羲之＝東晋の書家（三〇七年～三六五年）

酒を飲み　川面の月に　手を伸ばす　李白の最後　ああ悔やまれる

いにしえは　辞書も無いのに　文字覚え　熟語もつくる　いかなる頭脳

都会

品川は　再開発と　待ち遠し　リニア新駅　この目で見たい

地下街は　迷路のようだ　へとへとに　歩き疲れた　あれ出口かも

ハイカラに　誰が名付けた「海ほたる」寄ってみたいな　土産話に

憧れた　アクアラインを　通りゆく　縦のノイズは　鳥かごのよう

春の色

公園に　遊ぶ親子の　姿あり　春の七色　追いかけている

冬来れば　イチゴ出回り　旬のよう　記憶消しゅく　チラシの力

あちこちに　ジャガイモ植える　姿あり　春の太陽　楽しげに見る

香り立つ　花は七色　入学の　親子の前に　虹の大橋

運命（さだめ）

生まれては　パッと消えゆく　水の泡　宇宙の時間　思えば不思議

若き日は　知らずに過ごす　振り向けば　苦難の時に　受けた温情

踏み出せば　素朴に開く　おのが道　巡るご縁に満たされてゆく

大量に　出回っている　ボールペン　一本選び使う不思議さ

農

からたちは　知らぬ品種を　接ぎ木され　ミカン
太らす　運命（さだめ）哀しや

かんざしを　思わすような　花が咲く　白い男爵
膨よかであれ

連休に　田植機動く　あちこちに　打ち杭のごと
青い行列

耕うん機　雑草砕く　繰り返す　独り作業は
寂しくないの

ざわざわと　音量上げて　流れゆく　田植えに使う　購入の水

田に入り　定規を使い　田植えする　現は機械だ　景色半減

梅雨明けに　浮き雲見れば　秋のよう　稲に欠かせぬ　夏の太陽

新米を　待ち望み炊く　農耕の　辛苦知らずに　金で精算

こめ安い　更に輸入の　許してる　農の落胆
田植機に見る

昼下がり　たんぼ道行く　農夫居て　たまに問い
かけ　よもやまばなし

行く先に　麦は青々　ひばり鳴く　風に微笑み
心ぽかぽか

知らなんだ　キウイ農家は　大ピンチ　かいよう
病に　打つ手無しとは

スズメ

はやばやと　黒くなる程　鳥おどし　稀に空砲
飛ぶ飛ぶすずめ

農は言う　「すずめも食べな　生きれない」　母な
るこころ　胸に染み込む

「ふた畝を　スズメのために　刈り残す」　農の
温もり　じわり味わう

耕作地　家屋に変わる　文明の　世に飢えてゆく
スズメがあわれ

旗を持ち　稲穂の中に　立ち続け　スズメに威張
る　哀れなカカシ

ほとけの座　取り巻くように　スズメ寄る　ヒナ
ギクあれど　背を向けており

物音に　スズメ飛ぶ飛ぶ　群れて飛ぶ　波打つ田
んぼ　試食放題

半生

念を入れ　見直しをした　契約書　やる気満々
もう一度あれ

教わった　先生先生　いまどちら　ぼくらは古希
を　はや過ぎました

ぶたれては　蹄を立てる　農耕馬　それ踏ん張れ
よ　気張ってゆこう

見るからに　血筋を引いた　あの耕馬（こうば）　僕と似て
いて　苦難もあろう

にこにこの　お日様見れば　心地良し　寒さに負けず　散歩に行こう

歳を取り　生き甲斐さがす　二歳児の　無垢の笑顔を　師匠にしよう

刻々と　過去となりゆく　高齢の　その日暮らしの　夕日が沈む

若人よ　宝島だよ　人生は　水平線が　ほら呼んでいる

病

春なのに　体調崩す　しかたなく　オペ室に行く
ベットの眼（まなこ）
麻酔薬　少量と言う　下半身　ゴムの感触　我が
身にあらず
ナース呼ぶ　ボタン押すこと　幾たびか　朝日と
共に　悪夢が消える
病室に　春の朝焼け　夢がわく　大地踏みしめ
歩いてみたい

七日間　手首に巻かれた　バーコード　今朝は解かれて　こころ快晴

さくら見る　僕の心に　春の色　晴れて外出八日目の朝

大部屋を　仕切るカーテン　ピンク色　ふっと一息　苦痛和らぐ

採血の　容器の中は　真空だ　常に定量　知恵の恩恵

観光

仙台の　流れを汲んだ　八つ鹿の　踊りを守る
伊予の吉田も

バスツアー　吉田の祭り　夕食に　郷土の皿鉢（さわち）
腹に飛び込む

注・吉田＝愛媛県宇和島市吉田町

牛鬼（うしおに）に　山車（だし）に神輿に　御船曳き　伊予の吉田の
祭り行列

覚え書き　一

題号は　孔子の没後　弟子達が　所説をのべた
後世の「論語」
注・所説＝主張として述べている事柄

論語にも　古い注あり　新かなの　注解読めば
著者の気遣い

孔子説く　君主は頑固に　なりがちだ　格好など
には　こだわるなと

孔子説く　君子の徳は「風という」草はなびく
と　小粋な言葉

孔子説く　君子は礼節　大衆は　のどかな暮らし
的を射ている

連れだって　三人行けば　我が師有り　内観せよ
と　孔子の教え

口よりは　信に重きと　孔子説く　行動こそが
誠の値打ち

弟子により　回答変える　孔子知る　将来(さき)を見通
し　励まし抑え

覚え書き　二

生涯の　金言問えば　孔子言う　子貢（しこう）に対し
思いやりと

注・子貢＝孔門十哲の一人

孔子説く　わがありさまを　問うてみて　常に求
めよ　中道なるを

偉大なる　孔子の教え　かの国に　現も居るかな
あと辿（たど）る人

自ずから　水を求めて　発芽する　気力持たねば
成長ならずと

読むほどに　孔子の言は　心打つ　常に学習
今昔おなじ

過ちに　気付けば直す　勇気持て　現も胸打つ
孔子の言葉

近頃は　金の世の中　論語など　久しく聞かぬ
読めば尊し

「忠言は　耳に逆らえど」　意味合いを　若きに
知れば　利もあったのに

「忠言は　耳に逆らう」　辛口で　首が飛ぶかも
良薬巧み

良薬に　引かせた後の　忠言を　活かしてゆこう
老いたこの身に

近年も　論語読む人　居るらしい　図書館の本
表紙ボロボロ

「論語」読む　礼を勧める　孔子あり　ほんにむ
つかし　世のなか歪（いびつ）

覚え書き　三

論語読み　鏡に映す　わがすがた　背骨を持たぬ
タコにそっくり

孔子さえ　学びつつ活(い)かす　のちのちに　巨木と
なりて　仰がれている

管仲は　礼節よりも　世渡りは　衣食が先と
庶民の心

注・管仲＝春秋時代の斉の政治家

管仲の「倉廩(そうりん)実(み)ちて礼節を知り」しんみりと
身に　染みてくる

王様は　礼を貴ぶ　しもじもは　悩み尽きない
明日の食い扶持

天の道　徳を行う　組み合わせ　「道徳」と言う
すごく名案

道行くも　左か右か　真ん中か　愛と栄達　個々
に別かるる

偉大なる　孟子（もうし）の母は　織りかけの　縦糸を切り
諭したと言う

竹削り　漆で書いた　古代人　なめし革で編む
故に巻物

孔子言う「包み隠さず」　現の世の　政（まつり）の手腕
秘密保護法

オアシス　二

頂いた　アメリカていごの　花房は　空飛ぶ魔女か　童心を呼ぶ

わが頭脳　昼寝をせずに　働けよ　なに七十年も未払いと

父母の住む　銀河の世界　住所も　検索出来ぬここも保護法

ブータン

ブータンの　民族衣装　外国の　安い価格に
押され気味とか

伝統の「キラ」の衣装に　欠かせない　銀のブ
ローチと　トルコ石は

注・「キラ」=衣装の上に巻く織物

縦糸に　染め糸を巻き　模様出す　伝統守る
キラの織り方

蚕とて　生命は同じ　ブータンの　深き信仰に
僕は恥じ入る

注・「ブータン展」二〇一六年七月、愛媛県

日常 一

出かけるに　戸締まりするは　当たり前　物騒な世を　そのまま映す

財布出し　支払い前に　チラリ見る　福澤諭吉睨みをきかす

澄み渡る　青に溶け込む　赤い柿　これ他家のモノ　どうにも成らぬ

懐かしい　テレホンカード　差し込んで　声の交換　点数下がる

探査機の　ハヤブサ二号　飛び立つぞ　往復六年
心臓持つかな

両院の　先生多忙　室に居て　常に飛んでる
十年先を

いにしえは　民を苦しめ　国滅ぶ　時の金満
賢者にあらず

古詩にあり　富貴栄達　束の間と　知るや知らず
に　なぞる人びと

案山子など　刈り取り済めば　捨てられて　斜め
のままで　草を見ていた

近年は　屋上にある　でかい文字　ヘリの目印
ああ震災の

ポイ捨てか　田んぼのなかの　ビンひかる　学歴
誇る　日の本なのに

清らかな　朝の光に　奮い立つ　過去を忘れて
全力だそう

堀見れば　鯉にメダカに　水澄まし　豊かな自然
永遠にあれ

活躍す　パラリンピックの　選手達　外野巻き込
む　不屈の精神（こころ）

夕方の　鐘を聞きつつ　又あした　希望に満ちた
年少の頃

サギ草に　ムクゲに百合と　咲き誇る　誰の水や
り　寄ってみようか

日常　二

孫の声［いつものところ］　すぐ行くよ　少し
待ってて　わが宝物

猛暑でも　やっぱり僕は　夏が好き　湧き上がる
雲　やる気にさせる

結ばれて　別れを望む　人もある　手前勝手に
神様惑う

泳ぐのが　苦手な金魚　見る人の　こころ和ます
特技身につけ

庭の木は　北風受けて　揺れ動く　ガラス一枚
冷えから守る

人生は　希望（ゆめ）と挫折の　繰り返し　イタズラ好き
の　神様達だ

土手に出て　日向ぼっこの　老夫婦　吾にもあれ
よ　長寿なるもの

あちこちで　加勢を受けて　生きてきた　ご縁思
えば　お礼の心

虫

スズメバチ　蜜蜂殺す　助太刀も　巻き添え恐れ
手出しが出来ぬ

細胞を　移動させて　傷治す　ミミズの特技
人間(ひと)より優れ

淡水に　意外や意外　みずミミズ　住めば都か
水中暮らし

シシ蜂の　翅(はね)にセンサー　あるらしい　蜘蛛の巣
を避け　ゆうゆうと去る

鳩

山鳩は　切なさ込めて　メスを呼ぶ　浮き世を見ても　男はつらい
ハト見れば　平和のマーク　駆り出され　鳩も戦地で　通信がかり
スズメ飛び　翼の下を　脅かす　鳩は追われて　飛び去ってゆく
緩やかに　鳩の旋回　キラキラと　大きな群れは　冬日を返す

血糖値

糖尿病　透視も怖い　気に掛かる　将来（さき）の失明
誰が手を引く

血糖値　下げてみせるぞ　酒を断ち　食事を絞り
日々八千歩

糖尿に　運動量は　減らせない　人工透析　失明
こわい

病院に　患者は多し　糖尿の　仕組みを解けば
君は科学者

風

香り立つ　ミカンの花は　白かった　目にも優しい　星形の花

鳥の目は　左右にありて　餌探す　切り替えスイッチ　首ひねり居り

コスモスは　明治に渡来　萩の花　万葉にあり秋の七草

水草に　櫛(くし)かけるごと　水はしる　底の砂粒煌めいていた

初夏の山　独り散策　竹林(ちくりん)の　静寂破る　一撃の音

麦の穂に　風はそよそよ　揚げ雲雀　すみかを気にし　また降りてくる

山もみじ　少し色付く　渓流の　青い水見て　友は驚く

鵯(ひよ)が飛び　カエデを散らす　ゆうゆうと　車内暖房　人間(ひと)はか細い

久々に　芹（せり）を求めて　畦の道　冬枯れの中　青が
引き立つ

沢音に　鳥の囀り　入り交じる　若葉の道に
惹（ひ）かれて歩む

ハイウェイ

朝焼けに　山が流れる　ハイウェイ　行く先々に
もみじ浮き立つ

秋サンマ　ハイウェイに乗る　僻地でも　まるで
水揚げ　光沢まぶし

朝三時　飛ぶは飛ぶ飛ぶ　ハイウェイ　闇より浮
かぶ　光りの街は

開通し　五十年を経た　ハイウェイ　維持費大変
またも税金

オバマ氏

被害者の　背に手を当てる　オバマ氏の　いたわる姿　電波で届く

注・二〇一六年五月二十七日の訪日

広島の　資料館を　オバマ氏見る　皮膚のただれた　写真もあるに

注・バラク・オバマ氏＝第四十四代アメリカ合衆国大統領

広島で花輪捧げて　黙祷す　オバマ氏に向く　世界の視線

「広島の　この教訓は　生かされる」　指導者らしい　決意と思う

現代

パソコンの　電源を切り　遠出する　山海の美に
こころ修復

先輩よ　メールを開けて　見るものの　白紙のま
まに　十年十日

又かいな　のらりくらりと　色変える　世界やき
もき　金利は如何に

リハーサル　暗記とおなじ　ひらめいた　脳の訓
練　続けてやろう

乙女

辛くとも　なくな乙女よ　見てごらん　日没間近
明日は変わるさ
苦しくも　なくな乙女よ　堪えるより　友に話せ
ば　気楽になれた
「さよならに」　なくな乙女よ　旅の道　きっと
出合うさ　素敵な彼と
徒労でも　なくな乙女よ　今度こそ　首尾良くゆ
くさ　ぐっすり休め

花娘

いつものさ　笑顔見せてよ　花娘　泣けば傷むさ
分厚い胸も

食事でも　友と楽しめ　花娘　わかつ心は　わが
身を救う

うなずいて　聞いてあげよう　胸の内　つらい心
は　誰しもおなじ

さくらでも　冬を乗り越え　花咲かす　明るい未
来　遠くないだろう

花

はな好きは　寄れば花咲く　誰か庭　菊を褒めつつ　山草も愛で

ぽっかりと　割れたザクロの　赤い実は　珍しそうに　われを見ている

雪かぶり　微笑むような　やぶ椿　真っ赤な色が　脳裏にのこる

青空に　銀杏の塔が　聳え立つ　宮殿らしく　黄金（こがね）の大路（おおじ）

懐古

銘を見せ　さらりと掛けた　日本刀　鈍い輝き
近づき難し

人生に　苦難は多し　耐える日に　きっと役立つ
うた詠む心

花見れば　しぼむを含む　人の世も　華やぎ有れ
ど　一代限り

海

足摺の　沖合見れば　弧を描く　彼方に異国
気丈になれと

春先に　潮に乗り来る　さくら鯛　釣り上げられ
る　厳しいさだめ

網を引く　船の前後に　カモメ舞う　難を逃れる
魚もあれよ

釣られても　糸をぶち切り　鯛逃げる　まさに大
物　海淵の主

街

悠然と　目抜き通りの　摩天楼　遺産思えば
格差まざまざ

一代で　住宅もつは　並みの人　城郭築く　これ
は超人

年の瀬に　にぎわい見せる　アメ横町　僻地にあ
れよ　財布の中身

タワーから　ぐるり見下ろす　荒川の　蛇行の先
に　かすむ稜線

春

キラキラの　春の光が　好きなのさ　雪解け水に
かすみの空も
泡を乗せ　キラキラ光る　春の水　音を奏でて
尽きること無し
気迷いか　三月半ば　雪が来る　恨めしそうな
桜のつぼみ
耕うん機　細かく砕き　過ぎてゆく　安らぐような
な　艶やかな色

春の風　木の芽を起こす　見る者を　爽やかにす
る　豊かな力

ササユリの　花に露あり　香り有り　久万高原へ
また行きたいなア

ほど遠い　山のむらさき　桐の花　ウドの時節と
言(こと)づてで知る

野いちごを　片手に乗せて　頬張れば　カリカリ
の音　五月の二十日

秋

名月を　ほどよく隠す　流れ雲
虫がざわめく　抗議のごとく

ながながと　秋明菊に　糸の橋
紅モミジ見る　蜘蛛のアートの

涼しげに　木陰に掛ける　ハンモック　見ると裏
腹　がつがつの蜘蛛

畑中に　霜に縮れた　唐辛子　赤さを見れば
いよいよ侘し

現の世

山猿は　木の芽を食べて　冬しのぐ　あの剛健は
吾にもあれよ

農夫らは　土にまみれて　種を撒く　年収わずか
険しい時代

腹開く　アジの干物は　沼津産　日の本一は
末永くあれ

粉雪を　散らすスキーヤー　傍(かたわら)に　除雪の暮らし
電波で来たる

節約し　財貨蓄え　何としよう　役立つ用途
これ知者の才

山脈に　三日月ほどの　雪のこる　頬に触れゆく
角(かど)とれた風

近頃は　パソコンの書く　年賀状　カラフルなれ
ど　どこか侘しい

年賀状　宛名書き終え　暮れてゆく　ほがらほが
らの　新春であれ

久々に　名刺頼りに　来たものの　ネオンばかりが　冷たく笑う

爪を立て　水に逆らう　石亀は　酸素を吸って　川底あゆむ

わが家でも　たまにはメロン　昔はさ　配給米の　ひもじい日本

注・配給米＝昭和十七年から（約四十年後に廃止）

久米の地に　国府跡と　伝わるも　確かな証し　無きは寂しい

散漫

無の境地　やっと気付いた　研究に　打ち込む博
士の　姿そのもの
二時間も　歩道をみつめ　散歩した　硬貨一枚
落ちてはおらぬ
遠方の　残雪淡し　上着脱ぐ　ぽかぽか陽気
泣く子も笑う
赤いバラ　ラップに巻かれ　祝賀会　胸に抱かれ
て　幸福（しあわせ）モノよ

パソコンの　電源切るは　何時の日か　思えば侘
しい　吾が心臓部

問題を　解く代数を　教わった　若き日の師に
会えぬものかと

若さ故　古い掛け軸　処分した　もしや名品
もやもや残る

岩肌を　かすかに染める　虹の色　休んでゆけと
滝の風来る

時代

果物の　品種改良　近頃は　色に香りに　味もまた良し

次の世は　電気自動車　産油国の　暮らしが変わり　世界を揺らす

届いたよ　文中にある　「ありがとう」　神秘な力　心をほぐす

街中は　クリスマスソング　山里は　星の妖精　雪になるかも

欲の無い　花々キレイ　人並みに　金に目が向き
恥じ入るばかり

先人の　教えを読めば　日常の　生きる手引きに
ああ有り難い

種を撒き　光の中で　育てるも　花に優劣　神秘
な世界

本を読み　英語に訳す　論語知る　漢字文化も
徐々に拡散

イメージ

「いらっしゃい」 機械の声は つまらない
こころ潤す 肉声であれ

幾代も 親の血を引く 競走馬 ムチで打たれる
運命(さだめ)かなしい

街の子ら 何も知るまい 麦束を 運ぶ重さに
イガの痒(かゆ)さも

ゆくゆくは 着の身着のまま 仲間入り 判って
いても 欲は顔出す

オアシス　三

ここに居た　見つけたからは　逃(のが)さない　さすが
ゴキブリ　一撃かわす

口説いても　ダメよだめ駄目　蟻だもの　巣穴一
番　仲間もいるの

風を受け　テープが走る　鳥おどし　効き目は有
るの　すずめに聞けと

持ち上げる　巧みな言葉　天性の　世渡り上手
吾にもあれよ

人生

御影石　磨けば光る　悔しくも　石より劣る
わが素質かな
見渡せば　スカイツリーは　まだ低い　上へ上へ
と　欲望無限
山はなあ　雲に閉ざされ　耐えている　情報淡く
心細かろう
苦しみは　他人に多し　ピンと来た　ピエロの如
く　陽気になろう

選択は　ぼくの判断　しくじりも　場数とみれば
愚痴ること無し

世に誇る　肩書き聞けど　使い捨て　されど尊し
名につきまとう

迷いなど　片方消せば　良いモノを　欲目顔だし
迷路に入る

履き物は　常に踏まれて　いるけれど　愚痴を漏
らさず　控えてござる

いつまでも　僕の心は　十六よ　年年しぼむ
生身哀しい

何事も　無理押しすれば　あと喘ぐ　自前の足で
コツコツ行こう

花筏　風に煽られ　軋み合う　僕の姿か　震えお
ののく

若き日の　生きた足跡　夢のよう　涙の数も
愛しく思う

幾たびも　荒波に会い　助けられ　ここまで来(こ)れ
た　僕の身の上

野にありて　汚れを知らぬ　露草の　花色のごと
僕も生きたや

思いだし　「うさぎとかめ」を　読み返す　まだ
まだ足りぬ　持続は力

疲れたら　「戻って来いよ」　耳奥に　ふるさとの
風　谷川の音

ブランドの　デザイン見れば　輝ける　着るのた
めらう　田舎の町は

内海に　かかる吊り橋　とき経（へ）ても　いまだ有料
暮らすに重し

泣けよ泣け　涙の数だけ　強くなる　大木見れば
傷もつ枝も

生前の　母の口癖　「手を抜くな」　拭いたグラス
を　傾けて見る

世

人工の　ダイヤモンドあり　電脳よ　金（きん）のつくりかた　あかしておくれ

水槽を　ゆっくり回る　マンボウは　無実なれども　捕らわれている

青のこる　麦秋の色　気にかかる　リストラの世の　表現かしら

近頃は　バナナがきれい　ふた昔　かごに盛られた　日焼けのすがた

初日の出　宇宙を開く　探査機よ　生き物いるか
細かく知らせ

検索し　マウス回せば　浮かび出る　あの国この
街　見物気分

女将さん　「言い訳聞いて」　にこにこし　年季を
映す　もてなし上手

農薬で　トキは絶滅　国外の　トキを貰って
人工繁殖

靴音は　楽しいのかな　苦しいの　踏み出すごと
に　鳴いて止(や)まざる

土砂降りは　恵みのあめか　雨具着て　仕事をこ
なす　人も居るのに

残忍な　出来事多し　束の間の　文明の世に
哀しいことよ

黙然と　風防ぐ山　父に似る　芽吹きを見れば
母の温もり

快適な　新幹線だ　打ち上げた　衛星あやつる
時代に生きた

重責の　解任を待つ　あの方の　そばで気遣う
美智子様あり

注・美智子様＝第一二五代、今上天皇の皇后さま

閉ざされる　平成の世を　振り向けば　輝いてい
た　ぼくらの時代

俗

シマリスは　木の実蓄え　巣にこもる　さ迷うスズメは　おいらとおなじ

願っても　所詮適わぬ　舞踏会　せめて家族で食事に行こう

七輪の　炭火で焼いた　秋サンマ　思い出のみが駆け抜けてゆく

都心には　虫はいるのかな　居た居た　金食いムシに　心中のむし

別れ

焼香の　煙はのぼる　飾られた　遺影をかすめ
どうか安らかに

見つめると　過去も未来に　繋がって　涙を流す
遺影の前で

今回も　遺影の前に　生花あり　密やかな声
涙を誘う

唐突に　訃報の知らせ　はじめから　親しき友は
持たぬが華ぞ

風景

冬枯れの　山を越え行く　ハイウェイ　瀬戸の大橋　春らしい海

人並みに　ついて走れる　ハイウェイ　高齢ならば　あと幾年か

空染める　まるい夕陽が　落ちてゆく　真っ赤に燃えて　満足そうだ

木の根っこ　大地を掴み　支えおり　枝葉は軽く風と戯れ

西日うけ　踊っているのか　春の海　鱗のように
きらきら動く

ひらひらの　ドレスのように　雲動く　夕陽加わり　空が沸き立つ

子供らと　セミを捕まえ　カゴをみる　牢屋と同じ　放してやろう

麦畑　朝露のこる　太陽の　孫かとおもう　キラキラ星は

ながめ

上空を　自由自在に　鳥渡る　吾にもあれよ
翼なるもの

寒空に　朝日を見れば　意欲湧く　作業一番
粗末に出来ぬ

それぞれの　画伯のように　書きたいな　光と影
の　大パノラマを

雲を分け　ジャンボな月が　のぼり来る　明日は
良いこと　あるかも知れぬ

粗末でも　塒（ねぐら）もあれば　餌もある　手放せないわ
慣れた在郷

ふるさとは　山に囲まれ　別天地　北斗七星に
星の川あり

遍路道　見知らぬ吾を　手招きし　柿を持たせた
人のぬくもり

強風に　されるがままの　草を見る　巨木は傷む
手本にしよう

素朴

霜月の　中旬なのに　トンボ見る　首をかしげて
仲間待つらしい

池の亀　底の潜りて　動かない　もしや瞑想
吾はのほほん

蛸にイカ　頭足類だ　オウムガイも　仲間と知れ
ば　驚き新た

木の枝に　ミカンを刺せば　ヒヨが来る　スズメ
に古米　来い来いと撒く

腕時計　ふたを外して　ネジを抜く　螺旋こまやか　技の凄さよ

近年は　銀翼の音　静かなり　かみなり様も少し真似てよ

警察署　囲むツツジは　いま盛り　内にもあれよ潤いの日々

踏まれ行く　路傍の草に　悲鳴あり　靴は気付かず　横柄の音

迷い出た　よろい兜の　荒武者に　犬はおどろき
吠える

血をすする　蚊よ良く聞けよ　肉体は　健康の基
やすく飲むな

清らかな　月のひかりは　宝物　万国共有　守っ
てゆこう

平坦も　山道もある　長い旅　荷物持とうか　疲
れはないか

親しくも　銭が尽きれば　去って行く　金が目当
てか　浮き世なるもの

旅空は　似たもの同士　支え合い　中道（ちゅうどう）行こう
ゴールは遠い

雷鳴は　上空に来て　大喝す　驕りの暮らし
洗い直せと

元旦に　強い寒気が　攻めて来た　家族団結
暮らしを守れ

強風に　うまく回れよ　かざぐるま　歯向かいすれば　破損あるのみ

古文書を　解き明かす人　居ればこそ　当時の暮らし　浮き上がり来る

知りたいな　幾何学模様の　描き方　ぴったり収まる　先人の知恵

男なら　ボロを羽織って　暮らしても　先を見越して　城主になろう

桜島　薩摩隼人の　心意気　いびつな世間　どん
と正して

寒くても　気立て優しい　梅の花　内に秘めたる
ほのかな香り

言わずとも　春の陽気に　木の芽吹く　鳥も巣を
掛け　ウキウキ気分

忠告は　腹立ちあれど　気を静め　見直しすれば
別世界あり

歯は伸びず　歯茎下がると　医師は言う　噛み締めるゆえ　奥歯は太る

楽しげな　乙女の口に　八重歯あり　白い宝石陽気にさせる

筆文字を　流れるように　書きたくも　未だ至らず　新たな半紙

自転車の　ホークに止めた　反射板　買い物帰りか　くるくる回る

折り鶴の　背中思わす　白い山　青と対峙し
神々しく見る

若き日に　企業を興す　憧れた　トップの声に
元気百倍

谷深く　樹木がしげる　切れ目から　沖の小島に
消えゆく船も

耕作の　農の瞳を　窺えば　子らの胃袋　たえず
気に懸け

明治

ハイカラな　ゼントルマンの　高帽子　チャーリー・チャップリン　懐かしき名

注・本名＝チャールズ・スペンサー・チャップリン

陸蒸気（おか）　走った走った　新橋へ　人力車とて　驚いただろう

横浜に　ガス燈灯る　西洋の　ちから見つめた　明治の男子

様変わり　江戸の名を捨て　東京に　神仏分離　苦悶の時代

お城

築城の　城主を移封　いつの世も　避けて通れぬ
天命おもう

石垣は　ツタに埋もれて　消えてゆく　城址（じょうし）あれ
ども　語る人なし

石高（こくだか）を　誇る城主は　嘆くだろう　水田は消えて
家屋ひろがる

遊び

アジの子は　味はいかがと　口開く　皿載らねば
うまみ解らぬ

空の神　ラッパならして　ランラン親子揃って
ピカゴロゴロだ

なるほどな　原子は絶えず　止まらない　あの闇
魔様に　どこか似ている

木の上の　カラスのヤング　なぜ騒ぐ　トンビが
怖い　あれあそこにも

旅 一

爽やかに　風切るマイカー　直線の　オホーツク
ライン　信号機無し

浮き沈み　飽きる直線　ひた走る　北の大地は
王者の道だ

もう一度　行ってみたいな　屋久島へ　縄文杉は
ひねもす登山

能登まわり　金剛崎は　見ず仕舞い　こころ急か
せた　立山の雪

旅　二

踏み入れば　硫黄の匂い　荒々し　大涌谷（おおわくだに）で
黒たまご食む

二重橋　かみなり門の　あと上野　西郷さんは
やはりでっかい

降り注ぐ　光は白い　紺碧の　波が打ち寄す
星砂（ほしすな）の浜

注・星砂の浜＝沖縄県八重山郡竹富町

六甲の　紅葉を眺め　はしり行く　アトム持ち出
し　車内を湧かす

綿雪の　白川郷を　思い出す　灯る窓辺の　暮らしを偲ぶ

パノラマの　夜景の中に　わが家無し　異郷の街の　ベッドに沈む

白壁に　屋根のみどりは　型破り　金の鯱（しゃちほこ）　過去に焼失

那智に立ち　落ち行く水を　目にすれば　生命を削る　刻（とき）の早さよ

幾段も　堰を設けた　湯田があり　きな粉色した
湯の花を買う

滝のごと　樋から落ちる　草津の湯　闇の湯煙り
照明に浮く

歳を経て　やっと気付いた　水蒸気　璃江（りこう）下りの
おぼろなる山

走行の　距離に合わせて　台車替え　徹夜作業で
列車は動く

時事

将来は　ロボットカーの　走る世だ　心臓パクパク　白旗出そう

注・ロボットカー＝自動運転車

アスパラに　オクラパプリカ　年少に　見たことも無し　現は常食

昨日見た　テッポウユリは　出荷され　人は銭を得　生命絶たれる

開通だ　鉄道整備法から　四十三年目に　新函館北斗

注・政府が一九七三年に定めた「新幹線の五線の一つ」

漫筆

着信に「お元気ですか」　どこからか　春の温もり　五体をつつむ

やまなみは　半ば陰りて　なかば晴れ　鉄塔並び暮らしを守る

近頃は　スマホスマホと　言うけれど　貧乏神がくっついてくる

ちから入れ　空飛ぶ車を　開発と　やれ恐ろしいボタボタ落ちる

ことわざの　億万長者　近頃は　年俸と聞く
その数ごまん

一面に　野イチゴの花　真夜中の　星を想わす
白い輝き

ボールペン　線の細さを　確かめた　コンマ二八
先端覗く

指先に　マイカーの鍵　いつ頃か　ドアのロック
を　電波で外す

寝そべって　写真撮るひと　生き物と　おしゃべりと言う　ごゆっくりどうぞ

近頃は　シャッター切れば　撮るたびに　自動転送　音も一緒に

プロの撮る　写真を見れば　細部まで　計算ずくめ　構図も色も

どうせなら　喜寿を忘れて　中級の　一眼レフと　広角レンズ

水玉の　フグにはじまり　ミノカサゴ　あの手こ
の手の　保身術かな

おさなごが　転んで五針　縫ったとて　見ている
だけの　親御の立場

梅雨前に　七筋八筋　煙たつ　農家ののろし
麦の豊作

刈り取られ　すみか追われた　あのヒバリ　高き
に上り　しきりに抗議

ちらり見て　僕には出来ぬ　筆先に　糸より細い
金箔のせる

トンボ棲む　池も水田も　埋め立てる　人間(ひと)は悪
魔か　破壊を好む

縄張りは　山から街へ　弧を描く　トンビの獲物
ねずみ一匹

孔子説く　礼の名残か　神職の　構え厳か　水打
つ姿

朝の露　葉上に光る　つかの間の　生命と知れば
どこか寂しい

古いから　壊れたらしい　コンピューター　わが
大脳も　そろそろ駄目か

以前から　生きる意味合い　自問する　見よう見
まねの　育てる心

競うごと　草木（くさき）萌え立つ　しみじみと　見る背中
には　老いのかげあり

アマガエル　気張ってみても　水の中　飛んで見たかろう　ツバメのように

列島の　暑さに迷う　飛ぶ鳥に　位置情報のスマホ持たそう

盆前に　稲刈りを見る　晩生（ばんせい）の　青田を見れば安らぎ覚え

登下校　ナツメ見上げる　「食べるかい」　忘れて浮かぶ　人の温もり

思い出し　ポロポロ泣いても　変わらない　これもテストか　負けずに行こう

仕事こそ　男児の生命　この五体　先祖の血を引く　気楽にゆこう

象にトラ　大きな罪を　犯したか　終身刑の鉄柵あわれ

おさなごは　象の親子に　喜ぶも　繋がれた身の苦痛を知らず

潜っても　魚群探知機　見つけ出す　余命も探る
マイナンバーは

手にしても　ポジション揺らす　下克上　知らん
ふりする　冷めた世の中

散歩する　道を照らせよ　秋の月　気分上々
三里にしよう

あちこちに　紅白の梅　田起こしの　トラクター
を追う　ぼくは暇人

立ち寄れば　ガラス拭かれた　無人駅　訪ねてこよう　潮かおる町

秋口に　シオカラトンボ　飛び回る　自然に戻る田園の水

考古学　古きを重視　銭の世は　王者を競う先端技術

本読めば　象潟（きさがた）の地は　かつて海　地震で隆起し現は水田（すいでん）

注・本＝『街道を行く』

漢詩より

国破れて　山河ありとは　杜甫の詩　海外移住
選別の時代（とき）
江南の　春を捉えた　杜牧の詩　船に招かれ
見ているようだ
竹を割る　勢い見せる　韓愈（かんゆ）の詩　目指す道のり
余りに遠い
いずこから　われの手を取り　書きしるす　詩中
に生きる　李煜（りいく）のこころ

注・李煜＝南唐第三代の王（在位　九六一〜九七五）

草花

チングルマ　岩場に咲いて　星を待つ　下界知らぬと　王様気分

湿原の　サギ草の白　トンボ飛ぶ　個体の数は王国らしい

迷いつつ　球根買った　ヒヤシンス　子孫育たぬ水栽培だ

牡丹見に　車で遠出　境内に　花より勝る　彩りの服

こころみ　一

青星に　衛星上げて　星探し　異星人無しと
図星言い当て

大飢饉　一大事なりと　右大臣　大豆配れと
大言壮語

落語家は　妄語を加え　艶語り（つやがたり）　英語盛り込み
笑わす一語

秋風に　秋桜（こすもす）の波　秋刀魚（さんま）焼き　秋大根に　腹満
たす秋（とき）

こころみ　二

水槽を　すみかと威張る　金魚たち　山峡知らず
過ごす一生

ケラケラと「何の用事だ　バッタ殿」　椋鳥の群
れ　はよ身を隠せ

「アップル」の　虫食いリンゴ　見てわかる
人はいろいろ　陽気にゆこう

花に水　ネコにはカツオ　犬に肉　若きに知れば
政（まつりごと）に向く

現実の　気象に目覚め　地の果ての　収穫高を
知れば商才

より速く　使いやすさを　求めゆく　ビル・ゲイ
ツ氏の　流儀学ぼう

時代劇　お百度踏んで　願掛ける　見るも清らか
他人のために

江戸の火事　木場は賑わう　啖呵（たんか）切る　深川芸者
うらに分限者

雑記

はるの山　鳥の楽園　冷ややかに　西日は急かす
混み合う街へ

ゆく春を　いく度も惜しむ　還暦と　思えば古希
も　かなたに過ぎた

煽られて　天まで昇る　わがこころ　いずれ外さ
れ　路傍の石に

秋なれど　オクラの花は　咲いて来る　実はこと
ごとく　むしり取られて

働けど　財布はいつも　薄かった　宝に想う
青春の頃

年明けに　にこにこ顔の　ひとに会う　心ぽかぽ
か　やる気を貰う

お年玉　袋を開けて　三度（みたび）見る　孫にはすまぬ
少額なのに

高層も　油断ならない　近頃は　窓から覗く
ドローン機あり

高層の　ビルの壁から　美女が出る　カラフルな
色　うわジェット機も

買ったとて　使わず捨てた　モノおもう　富める
病に　掛かる医者なし

孫に言う「靴を揃える」生前の　母の口調に
似通ってきた

もみ手をし　目元やさしい　えびす顔　金の切れ
目か　視線をそらす

思いつき

研ぎ澄まし　利得を狙う　企業あり　まるでメジ
ロが　鷹に変身

右大臣　少しお酒を　召されたか　そぞろ歩きに
草照らす月

お神様　地震洪水　むごくない　のどかな暮らし
民は望むの

大寒に「水仙キレイ」耳にして　老いのドライ
ブ　海風を切る

老い

高齢の　医療負担は　重くなる　消費税率　また
も引き上げ
五回目の　車検日迫る　まんべなく　古くなった
なあ　俺と一緒に
チャレンジだ　叶わぬ夢と　知りつつも　希望を
灯し　老化を防ぐ
豪勢な　チラシ料理を　前にして　七草粥の
わが老夫婦

シワが増え　年は取っても　あかあかと　僕のこころは　ほら燃えている

連休日　ポパイのような　人が来る　わが腕見れば　干し大根か

主治医から　やっと届いた　離縁状　晴れて他人だ　病魔よさらば

空

雲の無い　空をバックに　いく峰の　残雪照らす
赤い太陽
茜さす　東の空に　星ひとつ　下弦の月に　添っ
て輝く
シンボルの　赤い太陽　今日の日に　こころ残り
か　わずかな茜
夜が明けて　東に残る　星ひとつ　僕を見守る
あの星が好き

あとがき

二〇一五年二月に、家の建て替えのために、昭和五十年（三十三才）頃から平成二年にかけて読んだ純文学集、例えば、吉川英治著『新・平家物語』、山岡荘八著『徳川家康』、司馬遼太郎著『翔ぶが如く』、ドストエフスキー著『罪と罰』等々、約三百八十冊余りの本を寄贈の目的で整理をしていたところ、中学・高校生向け『ことわざ辞典』が出てきた。パラパラ、パラパラと捲っていると、「論より証拠」、「論語読みの論語知らず」の上に視線がおちた。

「いろはカルタ」で育った私には懐かしかった。

子供の頃、漫画か映画か定かではないのだが、武士の子供達が「論語」を学んでいるシーンがよみがえってきた。

当時は、何が書いてあるのか少し興味があった。しかし、この頃は一行も読むことも、また、教わっても理解もできないと思った。

それから、六十年、「論語」の文字を見たとき、瞬間的に、今なら読めるかも知れないと思った。

思い付いたが吉日、善は急げとばかりに図書館へ向かった。

図書館の司書の方が「最近の論語です」と、案内されたのだが、それは、文庫本であったので文字が「小さく読みづらい」と、言うと、別な場所に移動して、七段目の棚の上から『論語』の本を取り出してくれた。

吉田賢抗著『論語』は四百五十九ページあって少し分厚かったが、借り出しを受け持ち帰った。

愛読されたらしく表紙はすり減っていた。

読み始めると、冒頭に、この新釈は、「本文」「読方」「通釈」「語釈」「余説」の五項と書かれてあった。確かに理解ができて読みやすかった。

図書館で偶然に、筧文生（かけい・ふみお）著『唐宋八家文』に出会った。いままでに読んできた、中国の小説とその時代背景との結びつきが、ごく一部ではあったが簡潔に書かれていた。

これに気を良くして、同著者の『成都・重慶物語』、さらに『梅堯臣（ばいぎょうしん）』と読んだ。

筧文生氏の書かれた『梅堯臣』（梅堯臣は北宋の詩人〈一〇〇二年〜

一〇六〇年〉日本では藤原道長の全盛時代から、源平の下級武士が擡頭しつつあった頃にあたる）という本に出会ったことで、私の短歌に強く影響を受けることになった。

もし、この様な本との出会いが無ければ、今回の歌集の刊行を考えることはできなかったであろう。

家の建て替えは、小規模の業者に委託した。このために、多くの職人の人とじかに会話する機会があった。けれども、作業員たちの作業時間を考えると、あれこれと話しかけることはできなかった。

本当は、二〇一六年五月に出版の準備に掛かりたかったのだが、怠け癖なのか、疲れなのか、抜粋をする気力が湧いてこない。予定よりもおよそ一年半余りの遅れになってしまった。

この、遅れた時間が、天皇陛下の退位の問題を耳にすることになった。世の中は想像しているよりも激変していると感じる。

この様ななかで、第六集の刊行ができて大変うれしく思います。
この、紙面をお借りいたしまして、厚くお礼申し上げます。
ご愛読いただきまして、ありがとうございました。

田所　翠(あきら)

二〇一八年三月吉日

参考資料（順不同）

ＮＨＫ（Ｅテレ松山）「白熱教室」（2015年1月9日～同2月13日）
パリ経済学校・トマ・ピケティ教授
ＮＨＫ「ニューヨーク白熱教室」（2015年4月3日～同4月24日）
ニューヨーク市立大学シティー・理論物理学　ミチオ・カク 教授
ＮＨＫ「宇宙白熱教室」（2014年6月20日～同7月4日）
アリゾナ州立大学・宇宙物理学　ローレンス・クラウス教授
ＮＨＫ「白熱教室海外版」（アンコール）（2014年2月7日～同3月28日）
ＭＩＴ・ウオルター・ルーワイン教授
ＮＨＫ「バークレー白熱教室」（2013年6月6日～同6月26日）
カルフォルニア大学バークレー校・リチャード・ムラー教授
『観賞中国の古典　19　唐詩三百首』深澤一幸著　角川書店　1989年7月31日
『観賞中国の古典　20　唐宋八家文』筧文生（かけい・ふみお）著　角川書店　1989年6月15日
『論語』吉田賢抗著　明治書院　1968年6月30日
中国の古典2
『論語』加治伸行・宇佐美一博・湯浅邦弘著　角川書店　1984年11月30日
『孟子』内野熊一郎著　明治書院　2005年53版
『成都・重慶物語』筧文生著　集英社　1987年12月
『梅堯臣』 筧文生著　岩波書店　1979年
『バニヤンの木陰で』ヴァデイ・ラトナー著　市川恵理訳　河出書房新社　2014年4月
『韃靼疾風録（だったんしっぷうろく）』（上・下 ）司馬遼太郎著　中央公論社　1987年10月～同11月
『街道をゆく』（1～43巻）司馬遼太郎著　朝日新聞社
NHK「日曜美術館」各週
インターネットより

◇◇ 著者プロフィール ◇◇

田所　翠（たどころ　あきら）
昭和17年9月　徳島生まれ
元運転手、2006年から無職
現在、愛媛県松山市に在住
趣味：絵画の鑑賞
著書：『野に花あり風あり』（文芸社 2006年11月）
『風と大地』（東京図書出版 2009年8月）
『風と花』（牧歌舎 2012年5月）
『大河と魚』（牧歌舎 2013年7月）
『ぼくの目君の眼』（牧歌舎 2015年2月）

歌集 **朝日とともに**

2018年5月20日　初版発行
著　者　田所　翠
発行所　株式会社牧歌舎
〒664-0858　兵庫県伊丹市西台1-6-13 伊丹コアビル3F
TEL.072-785-7240　FAX.072-785-7340
http://bokkasha.com　　代表：竹林哲己
発売元　株式会社星雲社
〒112-0012　東京都文京区水道1-3-30
TEL.03-3868-3275　FAX.03-3868-6588
印刷・製本　河北印刷株式会社

ISBN978-4-434-24668-5 C0092